晶子からあなたへ

阿笠清子 作

梨の木舎

配　役

大学生
与謝野晶子
平塚らいてう
山川菊栄
山田わか
女性
舞う女
踊る女

第一幕

第一場

幕が開くと、舞台は薄暗い。ピアノの音と共に中央に後ろ向きで立つ能面をつけた着物姿の女にスポット。やがて「君死にたまふことなかれ」のうたが流れる中で舞う。女が上手に入ると音フェイドアウト。舞台明るくなり、下手から大学生出る。

大学生　えーっ！　いなくなっちゃった。今のは誰だろう。確か私の大好きな「君死にたまふことなかれ」をうたってたような……。ボーッと歩いてたから、見えないものが見えちゃったのかなあ……。

突然、客席の扉から、らいてう、わか、菊栄が入ってきて、客に「着物着た女の人見ませんでした？」「知りません？」などと話しかけながら、順に舞台に上がる。舞台上をウロウロして。

わか　あら、あなた、ちょうどよかったわ。紫色の着物を着た人、見なかった？　大きな声で何か言ってたかも。

大学生　あーっ！　やっぱりそうですよね。ええ、ええ、見ました。見ました！（一人言）よかった、気のせいじゃなかったんだ。

わか　見たの！（あとの二人に）やっぱりこっちに来てんのよ。いくら捜しても見つからないはずよねえ。

らいてう　あの人のおせっかい好きにはホント振り回されるわね。せっか

わか　く四人でトランプしてたのに――――。

らいてう　ちょっと待った！　その「トランプ」って、禁句じゃなかった？

菊栄　あらそうだったわね。トランプのせいで、世界中がメチャクチャになった。フェイクだかファクトだか、わけのわからない言葉が飛び交って、あげく、ヒトがヒトではなくなったり……。それでも彼の国では、いまだにトランプのことを多くの人が信じているとか。あーあ、人というのは一筋縄ではいかないのよねえ。

わか　そこで私たち四人は、一致団結して、「トランプ」は「カード」と言い変えることにした。

大学生　あのー、口をはさむようですみませんが、トランプをカードと言い変えるって、どうでもいいような……。そんなところで一致団結しても――――。

らいてう　何よ、あなた、まだいたの。せっかく盛り上がってるところへ、余計なこと言わないでくれる。

わか　そもそもあなた、何なの。私たちに何か用なの？

大学生　えーっ！　そんなこと言います？　着物を着た人を見なかったかって聞かれたから、答えただけなのに……。私は大学生です。（一人言）あー、自分ではそのつもりなんだけど、まだほとんど大学には行ってないから……。

菊栄　何をブツブツ言ってるの。大学生？　大学生がこんな時間になんでこんな所にいるのよ。あーっ、わかった！　あなたたちがよく言うサボタージュね。でも、大学生が授業に出ないという行為は、本来のサボタージュとは違うの。サボタージュとは、労働者が企業に対して行う怠業的行為である。怠業の怠はナマケル、すなわち業務を妨害する行為でもあるが、単に何もしないで怠けるということではなく、正当な争議手段の一つであって――――。

大学生　ちょっと、ちょっと待って下さい！　サボタージュの本来の意味は私にはよくわからないけど、今私がここにいるのは、授業をサボったからではありません。授業に出たいのに出られないので、仕方なくぶらぶらしてたんです。（一人言）あ、あんまり出歩いちゃいけないんだけど、コンビニくらいはいいかなって……。

らいてう　うん？　今何て言った？　大学の授業に出たいのに出られない？　（一人に）それってもしかして、晶子さんが言ってた話じゃないの？

わか　そうよね。確かにそんな話してたわよね。（上を指して）晶子さん、あっちからこっちを見るの、好きなのよね。で、近頃こっちでは、あの頃と同じようなことが起きてるって。

菊栄　亡くなってる人の数も多いし、あの頃より大変かもしれないって。あーあ、やっぱりそれでこっちへ来ちゃったのよ。おせっかい好きの晶子さんとしては、何か出来ることがあるはずだって思ったのね。だからって何も四人でカード遊びしてる最中に急にいなくなるなんて――。

大学生　あのー、あっちとかこっちとか、何の話です？　私のこと何なのって聞いたけど、じゃあ、あなた方は何でここにいるんですか？　晶子さんって人を捜してるみたいですが、四人のお友だちの一人なんですか？

らいてう　そう言われてみれば、人にものを尋ねておいて、こっちが名乗らないのは失礼よね。私の名前はらいてう。ちょっとした有名人よ。

わか　私はわか。らいてうさんほどではないけど、まあ有名人の端っ子には入るかな。

菊栄　そして私は菊栄。四人の中で一番若いのよ。

大学生　別にそんなこと聞いてませんけど……ええっと、らいてうさんにわかさんに菊栄さん？　うん？　どっかで聞いたような……それにさっきの人が晶子さん？（一人言）まさか、そんなはずないよね。私の小さな脳ミソの中にある四人の女性と同じ名前？でも、あれは百年も前のことだし……あーわかった！（三人に）みなさんの親御さんか誰かが、四人の有名な女性のうち、好きな人の名前を産まれた子どもにつけた。それが、大きくなって偶然出会っちゃったとか？

らいてう　あなたねえ、何をわけのわからないこと言ってるの。そりゃあ、産まれたときに将来出会うかどうかなんて考えてもいなかったでしょうよ。

わか　とにかく、こっちの世界で出会って、あっちでもまた出会った。こっちではそんなことなかったのに、あっちではなぜか四人共とても気が合って、カルテットってまわりから言われるぐらい、

菊栄　いつも一緒よ。
らいてう　もういいんじゃないの。そんな話してる場合じゃないでしょ。
大学生　早く晶子さんを追っかけないと、またどっかへ行っちゃうわよ。
そうだったわね。さ、行きましょ！（三人下手へ走って入る）
あーっ！　そっちじゃないのに！（少し追うが戻りながら）
あっちとかこっちの世界とか、いったい何のことだろう。それに、らいてう、わか、菊栄、それに晶子？　やっぱり気になるなあ……。まあいいや。早く下宿に帰って薬飲もうっと。

大学生、下手を振り返りながら上手へ歩き出すと、上手から出て来た晶子とぶつかりそうになる。

大学生　わあーっ！　びっくりした！　いつの間に――。
晶子　あなた、今薬を飲むって言ったわよね。いけないわ。早まっちゃだめ！　生きてさえいれば、きっといいことがあるから。

大学生　えっ！　あのー、何のことですか？　生きてさえいればって、もしかして私、死のうとしてるみたいに見えました？

晶子　まあ……そう言われれば（大学生を見回して）元気一杯よねえ。なら、薬を飲むってどういうこと？

大学生　ああ、それならビタミンB群のドリンクですよ。下宿にこもってると疲れるって母にラインしたら、どっさり送ってくれたんで、早く帰って飲もうって。

晶子　なんだ、そういうことだったの。それなら薬じゃなくてドリンク飲もうって言ってよね。誤解しちゃったじゃない。

大学生　あのー、それって私の一人言勝手に聞いちゃったんですよね。普通そのまま通り過ぎますよね。わざわざ呼び止めます？　おせっかいな人ですねえ。（ふと思い出して）あーっ、おせっかいな人と言えば、晶子さんですよね？

晶子　あら、よくわかったわね。今会ったばかりなのに——。

大学生　今聞いたばかりなんですよ。晶子さんを捜してるっていう三人の女の人から。

晶子　あー、やっぱり追っかけてきたのね。すぐ帰るからって置き手紙しておいたのに。

大学生　オキテガミ？　まあ、私の専攻は日本文学なんで、意味はわかりますが、ラインとかメールの時代に、それ、ほとんどガラパゴスですよ。

晶子　うん？　私は美しい日本語だと思うわ。パリで見たたくさんのヨーロッパ文化も素晴らしかったけど、日本にしかない文化も大切よね。私の短歌もその一つだけど。何でもかんでも時代遅れだ、ガラパゴスだって片づけてると、大事なものを見失ってしまうわよ。

大学生　わあ、すごいなあ。そんなこと誰も教えてくれなかったし、考

晶子　えたこともなかった。いい話を聞かせてもらってありがとうございます。でも、やっぱり気になるんですよね。パリとかヨーロッパ文化とか、私の短歌って……それに、あなたの名前が晶子というのも――。

大学生　ええ、私の名前は晶子。フルネームで言うと、与謝野晶子よ。

晶子　えーっ！　やっぱり⁉　けど与謝野晶子って確か八〇年ほど前に亡くなってますよね。

大学生　よく知ってるわねえ。さすが、与謝野晶子ファンだけのことあるわね。

晶子　えっ？　なんでわかるんです？　私、与謝野晶子って人を中学の時に知って、「君死にたまふことなかれ」の詩が大好きになって、高校でものめり込んで、絶対に大学に行ってもっともっと勉強しようって……あーあ、それなのに何も出来なくて……オンラインじゃ無理ですよ。

晶子　そうよねえ。あっちから見てると私の頃より大変だなって。だから降りて来たのよ。何か私に出来ることないかしらって。私のファンだというあなたの力になれないかなって。

大学生　うん？　やっぱり変だなあ。あっちとか、降りて来たとか……私が与謝野晶子ファンだってなんでわかったのか……いったいどういうことなんです？

晶子　私は、さっきあなたが言ったとおり約八〇年前、一九四二年に死んじゃった。だからまあ、わかりやすく言えば、ユウレイってとこかな。

大学生　えーっ！　ユ、ユウレイ！　（あたりを走り回りながら）な、なんで？　疲れ過ぎると見えないものが見えるって、本当だったんだ！　あー、どうしよう。ユウレイなんてイヤだーっ！

晶子　（追いながら）ちょっと、ちょっと、そんなに逃げなくても。せっかくあなたのために降りて来たのに。

大学生　（止まって）えっ、私のためって？　私、ユウレイを呼んだりしてませんけど。

晶子　あなたはそうかもしれないけど、大学で私のことを学ぼうとしていたのに、まるで前に進めない。そんなあなたに、私がしてあげられることがあるんじゃないかなと思って。「君死にたまふことなかれ」をうたっていれば、気づいてくれるかなって。

大学生　あー、そういうことですか。うん、うん、そうですよね。（晶子をじっくりと見て）足もあるし、普通にしゃべってるし、ユウレイだと思わなきゃいいんだ。ワープして、五次元から来たとか。うん、うん、それがいい、その方がわかりやすい。あ、でもどうしていなくなったんです？　「君死にたまふことなかれ」で私に気づかせようと思ったのなら、すぐに声をかけてもらえれば――。

晶子　他を見に行ったの。病院とか、国会の中とか。

大学生　えーっ！　あれだけの時間で、そんなに！　あっ、そうかユウレイだから、いやいや、ワープできるんですよね。

晶子　あちこちの病院を見て回ったけど、どこも大変。それなのに政治家ってどうしてああもわからずやが多いのか。わたしの頃と同じだって思ったわ。

大学生　そうですよね。何でも男の人が決めちゃうんですよね。メルケルさんとか、ニュージーランドの首相とか、女性のトップの決断力ってすごいなって思いますよね。日本はロックダウンは出来ないけど、みんなが納得出来ることがあるはずですよね。

晶子　あーあ、いつまで続くんだろ、こんな生活。
さて、今私に出来ることは、あなたに与謝野晶子についての授業をすることかな。

大学生　わあー、個人授業だなんて最高！　ご本人から直に聞けるなんて。えっと、「やは肌のあつき血汐にふれも見でさびしからず

晶子　や道を説く君」ってうた、あ、すみません、私これしか覚えてなくて。これすごくエロチックですよね。
確かに世間では官能の賛美なんてもてはやされたけど、私は、人間性の解放をうたったの。封建的な価値観から解放されて、女も男ももっと自由に生きようというのが、幼い頃からの思いだった。パリに行って、フランスの男女がどちらも堂々と歩いているのを見て、私の考えはまちがっていないと自信を持った。そんな思いで書いた詩の中に、こんなのがあるの。

音楽と共に暗転。二人上手に入る。音楽そのまま流れている。

第二場

うす明かりの中、晶子上手から出るとピンスポット。音楽が流れたまま、晶子歩きながら朗読する。

晶子

「不思議の町」

遠い遠い処へ来て、
わたしは今へんな街を見てゐる。
へんな街だ、兵隊が居ない、
戦争をしようにも隣の国がない。
大学教授が消防夫を兼ねてゐる。
医者が薬価を取らず、
あべこべに、病気に応じて、
保養中の入費にと
国立銀行の小切手を呉れる。
悪事を探訪する新聞記者が居ない、
てんで悪事が無いからなんだ。
大臣は居ても官省がない、
大臣は畑へ出てゐる、

工場へ勤めてゐる、
牧場に働いてゐる、
小説を作ってゐる、 絵を描いてゐる。
中には掃除車の御者をしている者もある。
女は皆余計なおめかしをしない、
瀟洒とした清い美を保って、
おしゃべりをしない、
愚痴と生意気を云はない、
そして男と同じ職を執つてゐる。
特に裁判官は女の名誉職である。
勿論裁判所は民事も刑事も無い、
専ら賞勲の公平を司って、
弁護士には臨時に評論家がなる。
併し長長と無用な弁を振ひはしない、

大抵は黙ってゐる、
稀に口を出しても簡潔である。
それは裁決を受ける功労者の自白が率直だからだ
同時に裁決する女が聡明だからだ。
また此街には高利貸がない、
寺がない、教会がない、
探偵がない、
十種以上の雑誌がない、
書生芝居がない、
そのくせ、内閣会議も、
結婚披露も、葬式も、
文学会も、絵の会も、
教育会も、国会も、
音楽会も、踊も、

勿論名優の芝居も、
幾つかある大国立劇場で催してゐる。
全くへんな街だ、
わたしの自慢の東京と
大ちがひの街だ。
遠い遠い処へ来て
わたしは今へんな街を見てゐる。

晶子上手に入ると舞台暗くなる。ＢＧＭフェイドアウト。

第三場

明かりがつくと舞台上に晶子と大学生が立っている。大学生がぼんやりしているのを見て晶子が話しかける。

晶子　どうしたの？　まるでユウレイでも見たかのような顔で。あ、ごめん、ユウレイは私だったわね。なら、今さら――。

大学生　いいえ、感動してるんです。これって全部、希望というか理想というか、どこの国でも実現してませんよね。それを晶子さんは、百年ほども前に、言葉で実現させちゃったんだ。最後のところで、わたしの自慢の東京と大ちがいだなんて、イヤミたっぷりですよね。ホントすごいなあ。現実を忘れてとても楽しくなりました。

晶子　これは、私としては現実よ。空想でも理想でもなく、当たり前の世界よ。

突然下手から、わか、らいてう、菊栄が飛び出して来る。

わか　あーっ、やっと見つけた！晶子さん、あんまりウロウロしないでよね。

大学生　あっ、さっきの三人！てことは、あなたたちもやっぱりユウレイですよね。

わか　ユウレイ？　うん？　あーっ、晶子さんが言ったのね。（上を指して）あっちの世界、つまりはあの世から来たからユウレイだって。

晶子　死んじゃってるからユウレイかなって言ったのよ。この大学生さん、私の大ファンで、もっと知りたいっていうから、詩も作ったって話してたの。あなたたちもせっかく来たんだから、自己紹介したら？

大学生　あっ、知ってます。（それぞれを指して）平塚らいてうさんに、山田わかさんに、山川菊栄さんですよね。

わか　あら、結構知ってるじゃない。晶子さんから聞いたの？

大学生　いいえ、らいてう、わか、菊栄と言えば、与謝野晶子と共に、歴史に名を残した四人の女性として、私の頭の中に入ってるんです。

わか　へーえ、それはたいしたものねえ。で？　あなたのその頭の中に、私たちのこと、どんなふうに入ってるの？

らいてう　この世では私たちとても仲が悪くて、あるとき、取っ組み合いの大ゲンカをしたことも知ってる？

大学生　えっ！　そ、そうなんですか？　いや、そ、それは知りませんでした。

菊栄　だめよ、らいてうさん、かわいそうに本気にしちゃったじゃない。（大学生に）私たちはね、取っ組み合いの大ゲンカなんて、下品なことは致しません。

らいてう　取っ組み合いのようなものよ、あれは。まあそれはともかく、歴史に名を残したって言ったけど、その中身は？

大学生　あー、あんまり……。晶子さんのことも大ファンだって思ってたのに「君死にたまふことなかれ」とか短歌を少しぐらいで、あんなすごい詩も知らなかったし。ごめんなさい。みなさんのこと、教えてください。

らいてう　ではまず私、平塚らいてうは、今からちょうど百十年前に、女だけで「青鞜」という文芸雑誌を出した。あなたの言う、歴史に名を残す第一歩だったわね。晶子さんの「山の動く日来る」も、この創刊号に寄せられたわ。

わか　私も二年後に青鞜に参加したわ。夫、嘉吉もらいてうさんと仲よくなって楽しかったわね。私が執筆活動に精出すようになったのは嘉吉というよき理解者のおかげだと思う。

菊栄　私の原点は社会主義ね。平民講演会で出会った均は、社会主義理論にかけては誰よりも深い見識があった。そこにひかれて結婚したんだけどね。

平塚らいてう

郵便はがき

恐れいりますが
切手を貼って
お出しください

101-0061

千代田区神田三崎町 2-2-12
エコービル 1 階

梨 の 木 舎 行

★2016年9月20日より**CAFE**を併設、
新規に開店しました。どうぞお立ちよりください。

- -

お買い上げいただき誠にありがとうございます。裏面にこの本をお読みいただいたご感想などお聞かせいただければ、幸いです。

お買い上げいただいた書籍

梨の木舎

東京都千代田区神田三崎町 2－2－12　エコービル 1 階

TEL　03-6256-9517　FAX　03-6256-9518
E メール　info@nashinoki-sha.com

(2024.3.1)

通信欄

小社の本を直接お申込いただく場合、このハガキを購入申込書としてお使いください。代金は書籍到着後同封の郵便振替用紙にてお支払いください。送料は200円です。

小社の本の詳しい内容は、ホームページに紹介しております。

是非ご覧下さい。　http://www.nashinoki-sha.com/

【購入申込書】（FAXでも申し込めます）　FAX　03-6256-9518

書　名	定　価	部数

お名前

ご住所　（〒　　　　　）

電話　（　　）

アーク引越センター

らいてう　女性の政治参加を目指した、日本初の婦人団体「新婦人協会」を作ったのも私。当時の女性たちの牽引役だったわね。

わか　私も入って一緒に頑張ったけど、女性の参政権を勝ちとるまでに、解散に追いやられた。

菊栄　私はあなたたちの会を「ブルジョア婦人の慈善道楽」とやゆして、「赤瀾会」を作った。やはり日本初の、社会主義的婦人団体ね。その後もたくさんの女性が頑張った。市川房枝さん、奥むめおさんらと、あっちの世界で時々出会うと、よく話すのよ。私たちの活動は、どれ一つとしてムダなものはなかったわねって。男女共同参画か。今こう言うんだって。男女が社会のあらゆる分野での活動に対等に参画するってことらしいけど、私には残念ながら言葉だけが一人歩きしてるように思える。他国と比べるとホント日本は遅れてるわねえ。

わか　ハイハイハイハイ！　自己紹介も終わったし、難しい話はこの

らいてう　位にして、（帯からスマホを取り出し）ジャーン！　みんなで遊ぼうよ。

わか　あーっ！　いつのまに⁉　三人一緒に動いてたはずなのに、どうやって手に入れたの？

らいてう　そんなの簡単よ。ウロウロしてる時に、（空中をつかむ仕草で）エイッ！　ってやったら手に入ったわ。

菊栄　えーっ！　あなたもその手使ったの。（帯からスマホを出して）実は私も同じことやったのよ。菊栄さん、ホントはあなたも持ってるんでしょ？

大学生　（帯からスマホを出して）あーあ、私だけかと思ってたのに。三人とも考えることは同じだったのね。

わか　わあーっ！　そんなワザ使えるんだ！だったら、お金とか食べ物とか、いつだって何だって出せるってこと？

いいえ、私たちはそんな万能型ユウレイではありません。あっちから降りる時の決まりがあって、こっちでどうしても必要なものがあれば、一つだけ出せることになってるの。で、あっちになくてこっちで欲しいものといえば、スマホ。三人とも同じこと思ったのね。（晶子に）晶子さんはいいのよ。こういうの好きじゃないと思うから、黙って見ててね。

晶子　（こっそり帯からスマホを出し、一人言）私も同じことやったのに。なんでそんなふうに決めつけるのよ。聖人君子じゃないんだから。あっ、これ女性差別用語だった。

わか　うん？（晶子に）何か言った？

晶子　いいえ、別に（あわててスマホを隠す）。どうぞどうぞお好きなように。

わか　（らいてう、菊栄に）何かゲームしようよ。私スーパーロリオがいいな。（大学生に）あなたも入る？

大学生　はい、やります！　わーお、ユウレイとロリオなんて――。

わか　そのユウレイってのいい加減やめてよね。じゃあ私からいくわよ。スタート！

わかがスマホを操作するとゲーム音が流れる。

わか　よっしゃあ、その調子！　やったあ、ロリオが大きくなった！（音と共にアドリブで）あーっ！　ゲームオーバーかあ。次、誰がやる？　誰が一番たくさんコインを取るか。私は１２５０枚。

大学生　張り切って始めたにしては少ないなあ。一回のプレイで最大９９９９枚手に入るって知ってます？　友だちはやったことあるって言ってました。

らいてう　えーっ！　そうなの。私たちには無理よ。わかさんが一番手先が器用なんだから。

大学生　あ、それなら四人で協力してやりません？　十人までならそれ

菊栄　出来るんですよ。
大学生　でも足引っ張るかもしれないし……それより私テトラスがいいわ。あれなら四人でやれるんじゃない？
それってテトラス９９ですよね。やりましょう、やりましょう。私まだやったことないんですよ。

上手寄りでつまらなそうにしていた晶子が四人の中に割って入る。

晶子　ねえー、もうそろそろいいんじゃないの。私一人だけカヤの外じゃつまらないわ。それより、私たち四人にしか出来ないアソビ、やらない？
らいてう　四人にしか出来ないって……まさか……あれじゃないわよね。
晶子　そう、あれ。母性保護論争。（何か言おうとするらいてう、わか、菊栄を制して）私たちがやったのは誌上論争よね。これをわかりやすい言葉でやりとりするの。演劇みたいにね。どう？ 誰にでも出来るスマホのゲームよりよっぽどおもしろいと思わない？ これこそ、私たちにしか出来ない大人のアソビよね。

大学生　わあー、見たい、見たい！ いろんな本で調べたけど、ちょっと難しくて。でも言葉で聞けるなんて最高！ あ、でもどこでやるんですか？ こんなとこでやれませんよね。劇場は閉まってるし………。

晶子　大丈夫。どこでやるかは私に任せて。（らいてうたち三人に）あの頃私たち四人は、自分の主張が一番正しいと思った。当時の雑誌「婦人公論」や「太陽」は売れに売れて、男たちの話題にも登るようになった。

らいてう　私は、子どもが母を必要とする何年かは家庭外での労働を中止し、その間の養育費は国家が支給すべきという、エレン・ケイ

わか　の説に賛同した。

晶子　女は家庭を守るべきであって、そもそも外で働くべきではない。それは男の仕事だというのが私の主張だった。

菊栄　男だけが働くのはまちがっている。女も経済的に独立すべきであって、国から養育費をもらわなければ子どもを育てられないのなら、結婚も出産もすべきではないとまで、私言ったわよね。そして、らいてう説も晶子説も所詮は資本主義社会での話であって、根本的な女性解放論ではない。まずは社会変革が第一だと訴えたのが私。

晶子　そう。後の世の人が名づけたこの母性保護論争を、私は、今大変な状況の中にある人たちに、ぜひ知ってほしいと思うの。（らいてうたち三人に）実はね、私がこっちの世界に来たいと思ったのは、この大学生さんが困っていたからだけじゃないの。私たち四人がどれほど違った考えをもっていたか。そしてあの世で出会った私たちがどうしたかを伝えたいの。それこそが、私たち四人にしか出来ないことであり、困難な状況を乗り越えるための、一筋の光になれればと願って……。

暗転。全員上手に入る。

第四場

明かりがつくと、天井から、上手から順に菊栄、らいてう、わか、晶子の名前を書いた吊り物が下がっている。長机2脚（白いカバーあり）といす4脚が舞台中央に並んでおり、四人が机の前で話し合っていたあと吊り物の下のいすに座る。

晶子　（立って）それじゃ私からいくわね。私はただ、トルストイ翁

らいてう　のおっしゃる、「女は労働に適した子どもを出来るだけたくさん産み、養育し教育することが天から与えられた使命である」というお説に、賛成しかねると申しただけでして、平塚さんが反論してこられるとは思いもしなかったことで――。

晶子　（立って）あなたねえ、私はそこに反論したんじゃないのですよ。あなたは、同じような調子で、「エレン・ケイ女史によると女の生活の中心要素は母となることであるようだが、私はそうは思わない」とおっしゃいました。婦人問題の権威とも仰がれるエレン・ケイに関して、いったいあなたはどれほどの知識をお持ちなのかしら。彼女はそれだけを主張したのではないわ。分かりました。ケイ女史について一面的な見方をしたのならお詫びします。でも、トルストイ翁もケイ女史も、男の労働は天命だが、女は労働より母となることの方が大事だとおっしゃっている点では、私とは全く違います。女も男も、人間は誰でも

らいてう　働かなければならないと、私は思います。
では、ケイ女史がなぜ婦人の労働をよくないと言ったかについて、少し説明したいと思います。（晶子座る）婦人が労働に従事することは婦人の権利だと、ケイははっきり言っていますが、未来の子どもの権利を前もって侵害する権利までは婦人にはないとも言っています。劣悪な状態の元での工場労働は婦人の心身を害し、工場地での児童死亡率も高いとなると、これは大いに問題です。そこで、子どもが母を必要とする何年かは、家庭外での労働を中止すべきなのです。そしてその間の養育費は国家が支給すべきであるというのが彼女の説であり、私も大いに賛成です。ああしんど！（晶子に）ここであなたもう一度反論したのよ。

晶子　（立つ）え！　あ、そうだったわね。ええっと……。私は、国から養育費をもらわなければ子どもを育てられないのなら、

らいてう

晶子

そもそも結婚も分娩もすべきではないと思います。女も経済的に独立すべきであって、男の財力をあてにして結婚したり子どもを産むなんて、ましてや国からお金をもらうなんて、女として情けないことです。

あなたの説は、かえって婦人の地位を貶めるものです。子どもは私有物ではなく社会のもの国家のものですから、これを産み育てるという母の仕事に対して、国家が十分な報酬を与えるのは当然のことです。こうして婦人はその地位を勝ち取ることになるのに、あなたのような人がいるから、母の仕事がいつまでも私的なものに終わってしまうのです。

いいえ平塚さん、あなたこそ一人の人間を人間として扱っていらっしゃらないわ。私は、子どもを物だとも道具だとも思わないし、社会や国家のものであるとも思いません。一個の独立した人格だと思っています。人はみんな、妻も夫も、母も父も子

わか　どもも、自立した個人であるべきです。
晶子　（立って）あのー、私は与謝野さんの説には反対です。果たして人は、男でも女でもこの地球上で独立して生きていけるものでしょうか。仮に今ある人が無人島にたった一人で住むとして、その人は他人からの制限は無いかもしれませんが、自然の法則という制限は受けねばなりません。ましてや複雑な人間関係で成り立つ社会では、人は誰もが他人からの制限を受けることになります。そこでみんなが持ちつ持たれつして生きていくのです。
わか　はあ？　無人島？　いったい何の話をなさってるのかしら。山田さんほどの方が、まさか独立と孤立を取り違えていらっしゃいませんよねえ。共同生活の中で個人が独立して生きることは可能です。孤立とは違います。（座る）
（うろたえて）えっ！　ええ、そんなことぐらい分かってます。

例えが不適切で、誤解があったのなら話を変えましょう。経済的独立、つまり収入の確保ということですが、誰もが思い通りのものを手に入れられるでしょうか。大多数の男子でさえおぼつかないというのに、婦人が独立という美しそうな言葉にひかれて会社や工場へ走る。その結果、独立どころか雀の涙程の賃金しか手に出来ないことが分かった時、婦人は家庭の存在に気付くのです。家庭を守り子どもを慈愛の手で育てるという、婦人のこの仕事の価値は、その報酬として夫に金を支払わせるに値するものです。工場労働で得られる一握りの賃金とは比べものになりません。夫が支払えなくなれば国家が補助すべきなのです。

らいてう

（思わず拍手して立ち）いいわあ！　あなたのお考えに同感です。母の仕事は他とは比べられないものであり、そこに国家の保護をということよね。まったく同感です。

わか　いいえ、残念ながらあなたとは全く違います。私は婦人の労働には全面的に反対です。婦人は家庭にいて夫の能率を増す工夫をすべきです。例えばおいしい漬物を漬けるとか。（らいてう座る）今日の労働制度の欠陥を正すには、我々婦人が労働界に飛び込んで不利な競争を増すのではなく、男子に与えられる賃金が一家を支え得るものにすべきなのです。

菊栄　あーあ、だめ、だめ。そんなこといつまで言ってるの。私が一番若輩の身だから黙って拝聴していたのですが、もうこれ以上は無理です。（立って机の前に出る）あなた方のおっしゃってることは、すべてが資本主義社会という土俵の中での話であって、根本的な婦人の解放論ではありません。まず、山田わかさんの説はお話になりません。（わか座る）社会の単位は家庭にありというのは、国家の基礎は家族制度にありとした保守思想と同じです。すべての人が家庭第一主義になった時、人は自分の家庭を守ることに多くの時間と労力を使い、人類の進歩は望めなくなるでしょう。社会の単位は個人であり、家庭はあくまでも個人が集う場に過ぎません。

らいてう　そうね。私も山田さんの説に全面的に賛成というわけではないし。（一人言）いつもここで止まってしまうのよね。（立って）で、私にはどう思ってらっしゃるの？

菊栄　平塚さんと与謝野さんのお説は、どちらにも一面の真理はあると思います。両者は両立できないものではなく、どちらも実現すれば、現在の社会においては多少なりとも婦人の状況は良くなるでしょう。平塚さんのおっしゃる、婦人が育児という社会的任務に就いている間は、社会がこれを扶養するという説はいいと思います。ただし、ただ国家の厚意を待つのではなく、社会の仕組みを変える必要はありますが。（らいてう座る）また与謝野さんのような優れた天分を持ってはいない一般婦人が、

晶子　家事に追いまわされて職業を持てないなら、その家事に対してお金が支払われてもいいと思います。
家事や育児というのは、本来楽しみの一つであって、金銭で計れるようなものではありません。また私が言いたいのは、女の自由を取り違えてはいけないということです。結婚しないのも結婚して子どもを産まないのも女の自由ですが、経済的独立に向けて努力しないのは自由ではありません。父や夫の厄介になるまいと、工場労働で得た少ない報酬で独立生活をしようとする女は増えつつあります。そんな女のためにも、富の分配を公平にする制度を作ればいいのです。

菊栄　残念ながら、資本主義社会の中でその制度を作るのは困難です。また個人の努力だけで貧困から逃れることはできません。与謝野さん、だから私はあなたに言うのです。苦境を無難に乗り切る方策を探すのではなく、社会変革への道を共に歩んで頂きたいと。

晶子　山川さん、私もあなたとはそんなにかけ離れた位置には立っていないと思います。あなたは社会変革つまり制度作りが先だと言われますが、私はやっぱり制度に人間がついていくのではなく、いろんな考え方を持った生身の人間が寄り集まって、よりよい制度を作っていくのだと思います。だからこそ今私は、女性の自覚と努力を促したいのです。

突然下手から大学生が走り出る。

大学生　大変です！　友だちがすごい熱だって！ラインで！私、どうしたらいいのか！

晶子、三人を手招きし四人で相談する。

晶子　（客席に向かって）この中に、お医者様か医療関係の方はいらっしゃいませんか。

客席から「ハイ！」と手を上げた女性が舞台にかけ上がる。

女性　私、この間まで病院にいました。看護師です。
晶子　よかった！　すみません。お時間よろしいですか。一緒に行っていただけますか？
女性　ええ、いいですよ。このあと予定はありませんから。
晶子　ありがとうございます！　じゃあみんな、行きましょ！

六人走って下手に入ると暗転。以下陰の声が流れる。

女性（陰の声）　親しい保健師に連絡したら、救急車出してくれるって。すぐ来大学生（陰の声）　るから頑張るのよ！

女性（陰の声）　ごめんね、中に入れなくて。何もしないでって言われたから。少し動ける？　冷蔵庫まで行けたら、お水飲んで、あとはじっとしてて。出来れば横になる方がいいけど。

大学生（陰の声）　この人看護師さんだから、安心して！　他にも……なぜか四人いるからね。みんな友だちだから。うん？　ま、いいか。みんなで一緒にいるからね。

救急車のサイレン音が近づいてくる。

女性（陰の声）　あっ！　来た！　よかった！　すぐに手配してくれたんだ。

大学生、晶子たちの騒ぐ声「しっかりね」「みんな待ってるからね」など。

第五場

明かりがつくと、舞台上に六人が広がって立っている。

大学生　（看護師の女性に）ありがとうございました！
女性　よかったわね、感染症じゃなくて。熱もだいぶ下がったらしいから、二〜三日で退院出来るだろうって。
大学生　ホントよかったです。ラインするのがやっとだったって。私、もうどうしていいかパニクッちゃって。晶子さんたちが何やってるのかも忘れて、舞台に飛び出しちゃいました。ごめんなさい。ぶちこわしですよね。
晶子　いいのよ。一人で舞台の袖にいたあなたとしては、他に方法がなかったわよね。

大学生　今、彼女だけなんです、友だちは。中学からずっと一緒なんで。

女性　だったらもう少しお互い連絡をしっかり取らないと。ラインもいいけれど、時間はあるんだから、時々は会った方がいいんじゃないの。個食、一人で食べるより、やっぱり共食、二人で食べるのもたまには必要ね。多勢でワイワイやるのと違って、下宿でお弁当でも買ってきて、学校の話をするとか、それぐらいの楽しみがないと、ホント、つぶれちゃうわよ。

大学生　そうですよね。こもり過ぎですよね。私は結構コンビニとか行くんですけど、彼女、まじめって言うか、ほとんど出ないんで、体こわさないか心配だったんです。案の上ってやつですかね。熱出すなんて。

女性　まあ今回は大事に至らなかったけど、これからは、あなたが気をつけてあげてよね。(晶子たちに) では私はこれで。(下手へ行きかける)

晶子　あ、待って。さっき確か「この間まで病院にいた」とおっしゃったけど、あれは……。

女性　ええ、一週間程前まで勤務していました。でも、朝起きると急にひどい頭痛で、仕方なく連絡して休ませてもらったんですが……次の日も同じで……今はやめようかと思ってます。で、少し気分を変えようと散歩していたら、閉鎖になったはずの劇場の外に「母性保護論争」の看板があって、思わず入ってました。

大学生　私、あれ少し勉強したんです。今日のみなさんのやりとり、すごく分かりやすくて。どこかの劇団の方ですか？

女性　いいえ、いいえ、本物ですよ、四人とも。

晶子　えっ、本物？　……どういうことか……。

ハイ、ハイ、それ以上話すと、きっと大混乱になるので、あまり有名じゃない劇団ということで。それより、実はあのあとがあるんですよ。

HUG!
平塚

AZZMESS
2019

女性　山川菊栄さんが再び反論するんですよね。でも結局四人とも譲らなかった。私思うんですけど、女性が自分の思想信条を自由に発言出来た時代、大正デモクラシーって素晴らしいですよね。今の方がよほど遅れてますよ。あ、もちろん、四人の女性の行動力の成果が、後の世を動かしたことも確かですね。

晶子　お褒めに預かり光栄です。

女性　えっ！　うん？

晶子　まあそこは気にしないで。でね、あのあとというのは、誰が誰に反論したとか、そこからどうなったかではなく、四人が仲よくなったという話なの。

女性　えーっ！　それは有り得ないですよ。多勢の研究者が四人の功績について述べていますが、あくまでも四人の主張は水と油みたいなもので、仲よくなるなんて考えられないことです。その後シベリア出兵に反対して婦人有志会を立ちあげたのは、「同じ人間として」という晶子の呼びかけに応じたからであって——
——。

晶子　待って！　そう、まさにそれよ。あなた、ホントよく勉強してるわね。私は「同じ人間として」主義や立場を越えて行動しようと呼びかけたの。振り返れば、母性保護論争も、四人とも「より良き女性の生き方を求めた」ことに変わりはないと思った。

らいてう　晶子さんにそう言われて初めて、私たちは同じ目的地に向かって歩いていたことに気付いたの。

菊栄　それぞれが違う道を選んだだけで、目指したものは一つだったわけよね。当時の私たちの論争を声に出して見てもらうことで、選んだ道がどう違っていたかを知ってもらう。そのあと、あの世で再会した四人は——。

わか　ハイ、そっからあとは私に任せて。四人とも、生きてるときは、自分のことをそっちのけにしてでも、社会の前進に向けて一生けんめいだった。わねって。ああしんどかったわねって。少しは楽に生きても、あ、死んでるから、暮らしてもかな。とにかくもう頑張らなくていいよねってことになった。シャンシャン！　って感じ。

らいてう　まあそんなに軽くはないけど、私たちはあの世でもう一度しっかり話し合った。そしたら、人だけが持っている宝物「想像力」さえあれば、他を認め合うことも出来るはずだと気付いた。今世界中がそのことを忘れてるから、たくさんの差別や偏見が広がり大国同士の主導権争いも絶えないけど、人は必ず分かりあえるはずよ。

女性　あのー、とてもいいお話なんですが……ちょっとだけ気になる言葉が……「あの世」とか、「生きてるとき」とか、「死んでるから」って、なんですか？

大学生　だから言ったじゃないですか。この四人は本物だって。（晶子に）

女性　有名じゃない劇団とかってごまかすから。ホントのこと言った方がいいですって。（女性に）いいですか、私みたいに「えーっ！」とか「イヤだーっ！」って逃げちゃダメですよ。軽く受け止めて下さいね。この人たちはユウレイなんです。

大学生　えーっ！（逃げようとして）あっ、ごめんなさい！　うわあー、そんな……、（大学生に）え、あなたも？　まさかね？

わか　そんなはずないでしょ。私はユウレイの仲間なんかじゃありません！（晶子たちを見て）あ、ごめんなさい！なんか傷つくようなこと言いましたよね。

大学生　ええ、傷ついたわ。ユウレイで悪うございましたね。では、よくあるやつを。（大学生に）うらめしやぁ～（と言いながら迫る）。

女性　（逃げて）わあー、やめて下さいよおー。ごめんなさ～い！（笑って）みなさーん。ありがとうございます！　もうユウレイでも何でもいいです。こんなに楽しい時間を過ごせて、スッ

女性

キリしました。みなさんのお陰です。私の回りでは、医療従事者への誹謗中傷があとを断ちません。同僚の看護師は家族がいるので家には帰れず、ホテル住まい。それでも子どもは陰で何か言われているらしく、悲しいって言ってました。私は一人暮らしだから、近所の冷ややかな目ぐらいは気にしません。給料が減らされても頑張ってきました。やめたいと思ったのは、亡くなる方のみとりが原因です。私なんかじゃなくて、家族にみとられて最期を迎えたかっただろうと思うと……辛くて……何人も続くともう耐えられなくなって……。あ、でも、イヤなことばかりじゃないんですよ。患者さんの誕生日に、看護師たちが病室の外でハッピーバースデイを歌ったり、タブレットで家族面会をしてもらったりとかね。そして今日、みなさんからプレゼントをたくさんもらいました。私、やっぱり病院に戻ります！

わか　よかった！　笑ってもらおうと思ってやったこと、ムダじゃなかったみたいね。（大学生とハイタッチ）

晶子　あなたにだけでも私たちの思いを伝えることが出来てよかったわ。

らいてう　晶子さん、これでおしまいにしないで、この方と大学生さんに、私たちがこの世で学んだことを知ってもらいましょうよ。

菊栄　それがいいわね。これは、過去を生きた私たちから、今を生き未来に向かおうとする二人への、一番のプレゼント、いえむしろお願いね。あなた方二人に、地球の未来を託します。

晶子　そうね。この世で私たちと出会った二人の、使命かもしれない。まず、パンデミックは私の生きた時代にも起きたことであり、これから先も何度でも起こり得ることだと思って下さい。ウイルスを敵と捉え戦争に例えるのは、人間のおごりです。三十億年も前に出現したウイルスにとって、たかだか二十万年のホモサピエンスは新参者よね。それなのに人間は、ウイルスの生息地に入り込み、森林伐採や野生動物の売り買いで、ウイルスが活動しやすい環境を作った。今人間が戦う相手は、ウイルスではなく、社会全体のあり方なのです。

らいてう　これが私たちの学んだことの一つで、もう一つは人の生き方に視点を向けてみました。結論から言うと、人は人との「出会い」なくして生きてはいけないということです。見る、聞く、触る、この三つの機能を使って人は人と関係性を保っている。もちろん、体の違いによって、どれかがあるいは三つとも使えない場合もあります。でもそれは「不要不急」という言葉で制限されるのとは違います。

わか　オンラインやウェブが広がり、音楽や演劇の無観客配信も盛んになった。生活の糧を失った人々には大事なステップではあるけれど、いつまでも続けるものではないと思います。今こうして舞台に立つ私たちと、それを見ている人がいるというのが、当たり前の光景ですよね。

菊栄　スポーツも含めて、どれだけの文化が「不要不急」の下で危機にさらされたかを、人は一度踏みとどまって考えるべきです。らいてうさんの言った、体の違いで一部の機能を使えない人にとっても、それを補助する人がいれば、行動の制限も少なくなる。人はやはり、直接触れ合うことが必要なのです。

晶子　これが私たちがこの世で学んだことです。ではあなたたち二人に何を託すか。パンデミックがひとまず落ちついたあと、元の生活に戻るだけでなく、新たな行動を起こしてほしいのです。例えば――――。

女性　わかりました。もう浮かんでいます。最近、「差別のない国をつくるため行動します」という共同宣言を、各界のリーダーたちが出したそうです。私はこれを、医療現場でも実践しようと思います。

大学生　わあ、すごいなあ。じゃあ私は、大学でサークルを作ろうかなあ。対面行動が必要なものとそうでないものについて、アンケートやデータを元にそれぞれを分析する。そこから未来に残すべきものが見えてくるんじゃないかなあ。

晶子　素晴らしいわ！　二人に出会えて本当によかった。私たちに出来ないことをあなた方がやってくれると思うと、あっちの世界から時々下を覗くのが楽しみね。

らいてう　それじゃ、そろそろ帰りましょうか。（二人に）私たちはいつも、あなたたちを見守っていますよ。

わか　困ったときは私の名を呼んでね。パワーを送るから。

菊栄　誰でもいいのよ。私たち四人はカルテットだから。

晶子　えーっと、来るのは簡単だったけど、帰るのは……どうするんだったたか……。

第六場

四人ウロウロする中で暗転と共に音楽。

明かりがつくと音楽流れたまま、踊る女下手より踊りながら出る。しばらくの間踊り続ける中で

――幕――

君死にたまふことなかれ

作詞 与謝野晶子
作曲 阿笠 清子

ああをとうとよ きみを泣く
きみしにたまふ ことなかれ
すえにうまれし きみなれば
おやのなさけは まさりしも
おやはやいばを にぎらせて
ひとをころせと をしへしや
ひとをころして しねよとて
にじゅうしまでを そだてしや

山の動く日来る

作詞 与謝野晶子
作曲 阿笠 清子

補注

与謝野晶子（1878〜1942年）

1878年12月、堺県堺区甲斐町の和菓子商「駿河屋」に生まれる。本名は（鳳志よう）。堺女学校卒業後、家業を手伝いながら「浪華青年文学会」などに参加し、短歌に親しむ。女性の愛や性を詠った『みだれ髪』は世間の注目を集め、歌人としての地位を確立する。1904年日露戦争勃発の際に発表した「君死にたまふことなかれ」は、反戦詩か否かで当時の論壇を賑わした。『青鞜』創刊号に「そぞろごと」（この中の一節が〝山の動く日来たる〟）を発表したのをはじめ、その後も歌を発表し続ける。平塚らいてう、山川菊栄、山田わかとの「母性保護論争」では、女性の経済的独立を主張した。それは自らの生き方そのものであり、現代にまで引き継がれる女性の生き方の指針となった。

「三女史と私とは決して目的に於いては異って居ないのです。女子の解放と完成――それに由って女子が人類のより高くより善い協同生活の構成に参加すること――を目的として居る点に就て、全く同一の方向を取って居るのであると信じます（後略）

『平塚、山川、山田三女史に答ふ』（『太陽』第24巻13号　1918年11月）

平塚らいてう（1886〜1971年）

1886年2月、東京府麹町（当時）に生まれる。父・平塚定次郎、母・光沢。父は明治政府高官だった。東京女子高等師範学校附属高等女学校（通称、お茶の水高等女学校）時代は、友人たちと「海賊組」を名乗り、修身の授業をボイコットするなど良妻賢母主義の教育に反発した。1911年『青鞜』を創刊。「原始女性は太陽であった」は、らいてうを代表する一文で、いまも語りつがれている。

「…母は生命の源泉であって、婦人は母たることによって個人的存在の域を脱して社会的な、国家的な存在者となる」

『与謝野、嘉悦二氏へ』（『婦人公論』第3巻5号　1918年5月）

「(国家からの報酬は）母の仕事といふ社会的事業に従ふことによって社会的義務を果たすものゝ当然の権利として要求すべきこと。婦人の尊厳を傷けるどころか母としての婦人の正当な社会的地位を認めしめることなのです。」

『母性保護問題に就いて再び与謝野晶子氏に寄す』

（『婦人公論』第3巻8号　1918年7月）

山川菊栄（1890〜1980年）

1890年11月、東京市麹町区四番町に生まれる。父・森田竜之助、母・千世の第3子。1906年祖父の死去により、青山家の家督を継ぎ、戸主となる。女子英学塾（現津田塾大学）に入学。1912年開催の青鞜社第1回講演会や大杉栄らの平民社の講演会に参加し、社会主義の立場を明確にしていく。1916年、『青鞜』第6巻1号に「日本婦人の社会事業に就て、伊藤野枝氏に与ふ」を寄せ、野枝とのあいだで「廃娼論争」を展開させる。これが菊栄の論壇デビューであった。「母性保護論争」では、晶子の〝経済的独立〟、らいてうの〝国家による保障〟のどちらにも共感しつつ、さらに社会主義的改革が女性解放につながると主張した。戦後は、初の労働省婦人少年局長に就任する。

「…家庭に於ける婦人の労働は、畢竟不払労働でなくて何であろうか。婦人の経済的独立、母性の保護共に結構であり、（中略）寧ろ双方共に行われた方が現在の社会に於いて婦人の地位を多少安固にするものだ。根本的解決とは、婦人問題を惹起し盛大ならしめた経済関係その物の変革に求める外ない」

『与謝野、平塚二氏の論争』（『婦人公論』第3巻9号　1918年9月）

山田わか（1879～1957年）

1879年12月、神奈川県三浦郡に生まれる。17歳で結婚したが、妻の実家の経済的危機を援助しない夫を見限り、離婚する。家計を助けようと上京するが騙されてアメリカに売られる。シアトルで働かされていたところを、日本人記者に助けられ、キリスト教の施設に逃げる。山田嘉吉の語学塾に通いはじめ、1905年に嘉吉と結婚。翌年帰国し、青鞜社の補助団員となり、エレン・ケイの翻訳などを『青鞜』に発表する。「母性保護論争」では、女性の天職を母であると主張し、良妻賢母主義の立場をとった。その後、母子寮や婦人施設を経営するなど、女性に対する社会事業に従事した。

「…婦人は一家を主宰し、子供を養育する其報酬として男子に金を払はせる。（略）婦人が母の職務に従事し、其れに対する報酬を夫又は国家に支払はせる事は、月給とり年俸とりが独立であると同じ意味で独立です。」

『母性保護問題・与謝野氏と平塚氏の所論に就て』

（『太陽』第24巻11号　1918年9月）

あとがき

二〇二〇年は、私にとって記念すべきトシだったかもしれません。六巡目の自分の干支ネズミ年だったのに、何も出来ずにいつの間にか終わってしまいました。これまで経験したことのない事態に陥っていたからだという言い訳はさておき、〝地球上の全人類が同じ環境の中で歴史の一ページをめくった（と思い込んでいた）〟のです。日本での異変は、一月半ばに中国からの観光客を乗せたバスの運転手が、肺炎に感染したという小さなものから、二月の大型客船内で新型コロナウイルスに集団感染報道へと続き、瞬く間にある数字がふくれあがっていきました。私はというと、何かしなければとの思いに駆り立てられるだけで、なぜか新聞記事の切り抜きが積みあがるのみでした。結果的に、この二センチほどにもなった紙の山が、二〇二一年に私を動かす原動力となりました。昨年の流行語大賞は「三密」でしたが、私は絶対に「不要不急」だと思っています。どれだけ多くの人がこの言葉に振り回されたことか。どれだけ多くの「必要なもの」が消えていったことか。例えば私のやってきた演劇は決して「不要不急」なものではなく、オンラインで済ませられるものでもなく、対面でやってこその文化だと、私は絶対に思っています。〝何かしなければ、でも出来ない〟という堂々巡りの中で、私はきっといつもここにたどり着いていたのでしょう。

そして、昨年十二月二十九日、私の中に突然湧き起こったのが十年前の舞台「山の動く日来たれ」でした。もう一度やろう！　そのままの再演ではなく、一年間溜まりに溜まった私の思いを、晶子たち四人に叫んでもらおう。それこそが私のやりたかったことであり、私に課された使命だとさえ思えました。年が明けるとすぐに会場を押さえ、出演者を手配し、脚本に取りかかりました。一年間取り溜めた記事が私に教えてくれたのは、〝地球上の全人類が同じ環境の中にいた〟というのは大きな勘違いであること、歴史の一ページは全人類の人数分、違った形でめくられたということ、そしてそれが彼我を分け、不幸なことに未来にも繋がるかもしれない「分断」や「差別」を生んだということです。この事実を示し、その解消に向けて、私は何をどう訴えればいいのか、演説ではなく演劇で……ハテ？どうしたものか……頭に浮かぶ言葉の数々を手当たり次第に書きなぐること一か月。それが脚本の体裁になり、最後の「幕」という文字を書き終えたのは二月下旬。三週間という早さで仕上げられたのは、新聞記事のお陰かもしれません。

今回の脚本は珍しく題名が先に決まりました。「晶子からあなたへ」にしたのは、地球上の全人類を愛した（と私が捉えている）与謝野晶子に、今こそ分断や差別をやめようと訴えてもらいたかったからです。約百年前に同じような世界的パンデミックを体験した晶子は、当時の政府や各国の無力さに憤っていました。その晶子なら、今起きている世界中の混乱に対して〝冷静になって手を繋げ〟と言うだろうと思いました。そして、前作「山の動く日来たれ」で歴史上対立した四人を仲よくさせた発想で、四人揃って登場してもらおうと考えました。「山の動く日来たれ」では女性にエールを贈りましたが、今作では全人類に呼びかけます。〝想像力さえあれば人は必ず分かりあえる〟との私の信念を、演劇という手段で俎上に載せてみました。日々変化する情報に右往左往することなく、自らの立ち位置を見極めてほしいとの思いを込めて。この本が世に出る頃には私は七十三歳。社会が、世界がどうなっているか全く予測出来ませんが、私の思いが少しは実現していることを願って、あとがきとさせて頂きます。

これまで四冊を梨の木舎から出版して頂きましたが、これが最後となるでしょう。編集・発行者の羽田ゆみ子さん、一九八七年の一冊目以来、永い間お付き合い頂き本当にありがとうございました。

二〇二一年 五月

阿笠清子

なお、永いお付き合いといえば、大阪人権博物館の皆さんにも、お礼を申し上げたいと思います。今回の出版に際して、2011年に発行された「モダンガールズ」を参考にさせていただきました。

著者プロフィール

阿笠清子　あがさ　きよこ

1948年6月15日、大阪市生まれ。立命館大学卒業。1970～79年、「大阪放送劇団」に所属し、俳優・司会などに携わる。1984～2009年「おとなと子どもの混成劇団エンジェル」を主宰。2006年に「与謝野晶子倶楽部」の依頼で「晶子、愛をうたう」を作・演出。その続編となった「山の動く日来たれ」は、豊中市、松原市、立川市、町田市、神奈川県、奈良県、大阪府立大学などで12回の公演を重ね、2012年「大阪人権博物館」での公演がファイナルとなる。その後、一人芝居や朗読の上演を試みるも脚本・演出者としての立位置に戻る。「晶子からあなたへ」は"いのち”をテーマにした約40作の脚本の集大成である。

著書

『翔け！ エンジェル-おとなと子どもの劇づくり』(1987年)
『劇ってほんッまおもろいねん』(2003年)
『晶子、愛をうたう』(2007年)
『おばあちゃんの居場所』(2013年)　いずれも梨の木舎

晶子からあなたへ

2021年6月15日　初版発行

著　　者：阿笠清子
装　　丁：宮部浩司
発 行 者：羽田ゆみ子
発 行 所：梨の木舎
〒101-0061 東京都千代田区神田三崎町2-2-12 エコービル 1階
TEL. 03(6256)9517　FAX. 03(6256)9518
Eメール　info@nashinoki-sha.com
http://nashinoki-sha.com
D　T　P：具羅夢
印　　刷：株式会社　厚徳社

おばあちゃんの居場所
——おんなの言い分3部作

阿笠清子 著
A5変／162頁　定価1650円（税込み）

◉目次　山の動く日来たれ（リメイク版）／野原—ヒミコ伝説—（リメイク版）／おばあちゃんの居場所（一人芝居）

晶子、ヒミコ、おばあちゃんからあなたへ ——
武力でいのちは守れない。阿笠清子65年の心意気をこめた、オンナといのち3部作。

978-4-8166-0701-1

晶子、愛をうたう
——劇でみる、らいてう・わか・菊栄との母性保護論争

阿笠清子 著
A5変／115頁　定価1650円（税込み）

◉目次　はじめに／晶子、愛をうたう　若者に贈るいのちの賛歌　一幕八場／山の動く日来たれ　一幕七場

今よみがえる与謝野晶子　いのちの賛歌二部作。堺の文化会館、超満員の観客絶賛！

978-4-8166-0701-1

劇ってほんッまおもろいねん
——おんなと子どもで劇をする、手づくり台本

阿笠清子 著
A5変／330頁　定価1760円（税込み）

◉目次　1　龍宮城はどこに／2　地獄の入口／3　聞こえますか、ぼくらの声が／4　雪の村／5　野原／6　盗みのすすめ／7　サンタクロースの家

一人でも多くの子どもたちに、子ども心をなくしていないおとなたちに贈るメッセージ。

978-4-8166-0308-5

梨の木舎の本

「いごこち」神経系アプローチ
―― 4つのゾーンを知って安全に自分を癒やす

浅井咲子 著
A5変／ 136頁　定価1870円（税込み）

◉目次　はじめに／おはなし「癒やしの作業をするあなたへ」／第1章 トラウマ、過去の名残～あなたの苦しみの正体／第２章　癒やしのために～4つのゾーンとTKS ／第３章　ゾーンごとの対応方法／第４章　生きづらさから癒しへ／あとがき／引用・参考文献

大人気『「今ここ」神経系エクササイズ』の待望の続編。カウンセリングや自己啓発、いろいろ試したけどまだつらい……。ポリヴェーガル理論とパーツワークの視点から自律神経系のクセに取り組む!

978-4-8166-2102-4

ラブコールさかい　女に議員はムリですか
――境町初の女性議員の体験をあなたにつなぐ

内海和子 著
A5判／ 232頁　定価1870円（税込み）

◉目次　はじめに／１章　女性の視点を町政に生かしたい／２章　市町村合併とは何だったのか／３章　議員とは何なのかを考える／あとがき

茨城県西地区、猿島郡境町。境町議会初の女性議員として1999年から2017年、4期にわたって保守的な地方政治に挑んだ女性議員の奮闘記。

978-4-8166-2101-7

しゃべり尽くそう! 私たちの新フェミニズム

望月衣塑子、伊藤詩織、三浦まり、平井美津子、猿田佐世 著
四六判／ 192頁　定価1650円（税込み）

◉目次　葉にできない苦しみを、伝えていくということ／女性＝アウトサイダーが入ると変革が生まれる　―女性議員を増やそう／「先生、政治活動って悪いことなん?」子どもたちは、自分で考えはじめている―「慰安婦」問題を教え続けて／自発的対米従属の現状をかえるために、オルタナティブな声をどう発信するか　―軍事・経済・原発・対アジア関係、すべてが変わる

東京新聞・望月衣塑子と様々な分野の４人の女性たちとのトークセッション。女性（＝アウトサイダー）が入ると変革が生まれます!

978-4-8166-1805-5

恵泉×梨花＝日韓・女子大学の新たな挑戦

大日向 雅美／金 恵淑 編　金 恩實　他 著

A5判／144頁　定価1760円（税込み）

◉目次　恵泉×梨花　いま、女子大学生に必要な高等教育を考える（2018 年）／今、あらためて考える女子大学の意義と使命／ジェンダー平等と女子大学の未来／アジア女性との連携　梨花グローバルエンパワーメントプログラムの経験から　他

激動する東アジア、同じような社会変動に直面する日本と韓国、変わらない男女格差の社会で、女子大学はどんな未来を選ぶのか?

978-4-8166-1808-6

旅行ガイドにないアジアを歩く　横浜

——デートDVをなくす・若者のためのレッスン7

鈴木晶 著

A5変／208頁　定価2420円（税込み）

◉目次 1 章　明治前期の横浜 ～幕末から明治～／ 2 章 明治後期から大正時代の横浜 ～強国化と格差／ 3 章 大正時代の横浜～工業都市化と格差拡大／ 4 章 昭和前期の横浜 ～不況・ファシズムから戦争へ～／ 5 章「戦後」の横浜

横浜は、江戸（東京）の隣にあって商業都市としてデビューし、やがて、工業・軍事都市化が進み、関東大震災・横浜大空襲で焼け野原になりながら、戦後は観光で復活します。エキゾチックなヨコハマを 500 枚余の写真と地図で案内します。

978-4-8166-2005-8

走る高齢者たち　オールドランナーズヒストリー

——学徒出陣・ JSP（降伏日本軍人）・復員・国労書記・詩人・ランナー

福田玲三 著

A5判／188頁　定価2200円（税込み）

◉目次 はじめに／わたしの前半生　1 生い立ち／2 兵役／3 JSP（日本降伏軍人）としてマレー半島で労役／4 復員・国労書記・国鉄詩人連盟／わたしの後半生　1「完全護憲の会」の設立 ／2 マラソン詩集 ／3 ホノルルマラソン報告／4 最高齢ランナーを訪ねて／あとがきに代えて ～ 96歳・がんを克服し歩行も再開

平和でなければ走れない！！　96歳、走るのはボクの夢だった。

978-4-8166-2006-5